Nous remercions le ministère du Patrimoine canadien,
la SODEC et le Conseil des Arts du Canada
de l'aide accordée à notre programme de publication

  Patrimoine Canadian
canadien Heritage

 Conseil des Arts Canada Council
du Canada for the Arts

ainsi que le gouvernement du Québec
– Programme de crédit d'impôt
pour l'édition de livres
– Gestion SODEC.

Nous reconnaissons l'aide financière
du gouvernement du Canada
par l'entremise du Programme d'aide au développement
de l'industrie de l'édition (PADIÉ) pour ce projet.

Illustration de la couverture
et illustrations intérieures :
Bruno St-Aubin

Couverture :
Conception Grafikar

Édition électronique :
Infographie DN

Dépôt légal : 1er trimestre 2007
Bibliothèque nationale du Canada
Bibliothèque nationale du Québec

1234567890 IML 0987

Les soucis
de Zachary

COLLECTION
PAPILLON

DE LA MÊME AUTEURE

Collection Sésame
La télévision ? Pas question !, roman, 2006.

Collection Papillon
Ma rencontre avec Twister, roman, 2003.
Twister, mon chien détecteur, roman, 2005.
Tiens bon, Twister, roman, 2006.

Collection Conquêtes
L'appel du faucon, roman, 2005.

**Catalogage avant publication
de Bibliothèque et Archives Canada**

Thibault, Sylviane

     Les soucis de Zachary

     (Collection Papillon ; 130)
     Pour les jeunes de 9 à 12 ans.

     ISBN 978-2-89633-009-6

     I. St-Aubin, Bruno II. Collection : Thibault, Sylviane.
     III. Collection : Collection Papillon (Éditions Pierre
     Tisseyre) ; 130.

PS8589.H435S68 2007   jC843'.6   C2006-942010-6
PS9589.H435S68

Imprimé au Canada

Les soucis
de Zachary

roman

Sylviane Thibault

**ÉDITIONS
PIERRE TISSEYRE**

5757, rue Cypihot, Saint-Laurent (Québec) H4S 1R3
Téléphone : 514 334-2690 – Télécopieur : 514 334-8395
Courriel : ed.tisseyre@erpi.com

*À tous ceux
qui se reconnaîtront
en Zachary.*

1

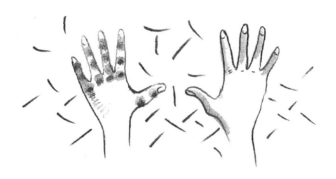

Jumeaux, oui, identiques, non!

— **Z**achary! Mais que fais-tu, à la fin? Je vais être en retard à l'école, si tu continues! Zachary!

Je trépigne d'impatience devant la porte de la salle de bain. Je regarde ma montre : déjà sept heures quarante-cinq. Voulez-vous bien me dire ce qu'il fabrique là-dedans, mon frère? J'entends l'eau du robinet couler depuis cinq minutes, mais je n'entends pas Zachary.

— Zach! Tu te dépêches un peu?

— Oui, je me dépêche, Mégane ! Arrête de crier comme ça ! Et ne m'appelle pas Zach !

Bon, au moins, il m'a répondu ! Remarquez, je savais bien qu'il me répondrait : il déteste qu'on l'appelle Zach. En fait, mon frère a horreur de tous les diminutifs ! Il se fait un devoir d'appeler ceux qu'il connaît par leur nom complet. Il se fâche quand quelqu'un utilise un surnom, en particulier quand c'est à lui qu'on s'adresse. Il est vraiment bizarre, mon jumeau !

Par exemple, moi, c'est Mégane, mais la plupart de mes amis m'appellent Meg. J'avoue que ça me plaît. J'aime aussi Mégane, mais Meg, ça apporte un petit côté exotique à mon prénom, comme si j'étais une célèbre actrice d'Hollywood – d'ailleurs, il y en a une, je crois – ou un personnage de conte de fées. Je verrais bien une histoire intitulée *Meg et le prince du désert* ou encore *Meg contre les sorcières des marais*. Pas de danger, par contre, que mon frère m'appelle Meg. Pour lui, je suis, et je serai toujours, Mé-ga-ne.

Même chose pour son meilleur ami, Samuel. Tous ceux qui le connaissent

l'appellent Sam, moi la première. Il faut dire que je trouve que Sam lui va très bien. Avec ses cheveux d'ébène coupés court et ses yeux de la même couleur, on jurerait un mystérieux personnage de vieux film en noir et blanc. *Meg et Sam, détectives privés...* Nous ferions une bonne équipe, lui et moi, c'est certain. Euh... Bref, Zachary déteste ça, lui. Il continue d'appeler son ami Sa-mu-el au lieu de faire comme tout le monde.

Mais Zachary ne fait rien comme tout le monde. On dit que les jumeaux se ressemblent. Ce n'est pas notre cas. Physiquement, nous avons plusieurs traits communs, c'est vrai : les mêmes cheveux bruns striés de mèches blondes, le même nez un peu trop allongé hérité de notre père – signe de caractère, selon lui – et les mêmes yeux vert forêt. Pour le reste, nous ne pourrions pas être plus différents.

Entre autres, mon frère passe beaucoup de temps dans la salle de bain. Il est aussi coquet qu'une fille, et même plus... Moi, je ne consacre jamais plus de dix minutes à me préparer. Je me fais une queue de cheval comme maman me l'a appris, je me brosse les dents, je lave

mon visage et je m'habille. Ce n'est pas plus compliqué que ça. Mais Zachary, lui, il doit avoir tout un rituel pour prendre autant de temps. Quel rituel? Mystère et boule de gomme! Il verrouille toujours la porte des toilettes et, quand il en ressort, il a exactement le même air que quand il y est entré!

Je regarde de nouveau ma montre: sept heures cinquante minutes. Et cette eau qui coule toujours. Je n'en peux plus!

— Zachary! Je te ferai remarquer que l'eau potable est beaucoup trop précieuse pour être gaspillée. Te rends-tu compte que tu nuis à l'environnement et même à l'avenir de la planète? À cause de toi, nous risquons d'épuiser les réserves mondiales avant la fin de cette décennie!

— Tiens, ma sœur l'encyclopédie ambulante! ironise Zachary en sortant enfin de la salle de bain. Où vas-tu chercher des choses pareilles? Prends exemple sur moi: je lis des bandes dessinées de Tintin ou de Garfield, pas des livres de science. Et je regarde autre chose que des documentaires à la télévision. Tu devrais essayer. Ça détendrait un peu tes neurones! Tu n'as jamais entendu parler des dessins animés? me taquine-t-il.

— Peut-être que tu devrais t'informer davantage et laisser tomber les dessins animés une fois de temps en temps, mon cher Zach! lui dis-je, ignorant le regard colérique qu'il me lance en entendant une fois de plus ce diminutif. Tu comprendrais de quoi je parle. De toute façon, je ne vois pas pourquoi tu as besoin de tant d'eau. Tes dents brillent comme des sous neufs, et tes mains doivent être assez propres pour...

J'arrête soudainement mon petit discours en remarquant l'état des mains de Zachary. Mon frère essaie tant bien que mal de les dissimuler, mais il est trop tard.

— Zachary! Tes mains! Elles sont toutes rouges!

J'en attrape une et je l'examine de plus près.

— Nom d'une pipe! Tu saignes, en plus! Que t'est-il arrivé?

Voyant que Zachary ne me répond pas et qu'il affiche un air embarrassé, j'avance une hypothèse qui expliquerait son attitude.

— Ne me dis pas que tu t'es encore coupé en utilisant le rasoir de papa? Combien de fois faudra-t-il te le répéter? Tu n'as pas encore de barbe à raser! Et tu es bien loin d'avoir la barbe à papa! dis-je en pouffant de rire, fière de mon jeu de mots.

Surpris, Zachary semble hésiter un instant entre le désir de rire avec moi et celui de m'étriper parce que je me moque de lui. Il opte finalement pour une troisième réaction. Je ne l'avais pas vue venir, celle-là! Quand il réalise que je tiens sa main, il la retire à toute vitesse et retourne dans la salle de bain en claquant la porte. J'entends l'eau du robinet se remettre à couler.

Il est encore plus bizarre que je ne le croyais, mon frère. Quelle mouche l'a donc piqué? Une mouche assez grosse pour l'avoir fait saigner, en tout cas.

Il faudrait peut-être que je mène ma petite enquête là-dessus...

2

Un ver
dans la voiture,
un escargot
dans la maison

Manifestement, c'est toute ma famille qui est bizarre! D'abord Zachary, et maintenant ma mère. Cela doit faire dix bonnes minutes que mon frère et moi sommes assis sur le siège arrière de la voiture, et toujours pas de trace de maman. Dire que j'ai dû me résigner à attendre d'arriver à l'école pour aller aux toilettes. Si j'avais su, j'aurais pris le temps d'y aller quand Zach a fini par sortir de la salle de bain. Maman nous a pourtant dit de nous installer et de boucler notre ceinture, et qu'elle n'en avait que pour quelques secondes.

J'ai l'impression que ma mère n'a pas la même façon de calculer les secondes que moi. Un véritable escargot, parfois! Avec elle, les secondes se transforment lentement en minutes, qui se transformeraient peut-être en heures, si elle ne tenait pas absolument à nous reconduire à temps pour le début des classes. Pour elle, un retard est injustifiable, inexcusable, irrecevable et tout ce qui se termine en «able».

Je jette un œil vers Zachary, cherchant à voir s'il trouve le temps aussi long que moi. Mais mon frère est trop occupé à vérifier mille et une choses pour se soucier du temps qui file. D'abord, il s'assure que sa ceinture est bien bouclée. Et quand je dis «il s'assure», je n'exagère pas. Il appuie sur la boucle de métal, il tire sur la courroie et, enfin, il place le tissu gris sur son épaule. Et il recommence le même manège au moins trois fois. Ensuite, il prend son sac à dos et en examine le contenu. Il compte et recompte ses crayons, il place ses cartables en ordre de grandeur et il insère sa règle dans l'espace qui lui est strictement réservé. Encore là, quand il a terminé, il recommence.

Ce n'est pas la première fois que je le vois faire ce genre de choses, mais, je ne sais pas pourquoi, ce matin, ça me tombe particulièrement sur les nerfs.

— As-tu fini de te tortiller comme un ver, Zachary? Veux-tu bien me dire ce que tu as à tout vérifier? Tu es bien attaché, n'aie pas peur. Et je suis certaine que tu as tous tes crayons. Pourquoi es-tu si nerveux?

Étonné, mon frère se tourne et me regarde, les joues rougies. Est-il en colère contre moi parce que je lui ai parlé brusquement, ou ennuyé parce que je l'ai observé à son insu? Je ne saurais le dire.

— Tu n'as rien de mieux à faire que de me surveiller, ce matin? réplique-t-il. Si tu veux vraiment le savoir, je ne suis pas nerveux, je passe le temps, Mégane.

Un air de défi dans les yeux, Zachary prend bien soin de prononcer mon prénom en détachant chaque syllabe, comme pour me convaincre que c'est la seule façon convenable, valable et tout ce qui se termine en « able » de me nommer. Malgré ses reproches, je me sens un peu soulagée ! Mon jumeau est bizarre, mais, au moins, il se rend compte qu'il y a longtemps que nous attendons dans la voiture.

— Au lieu de me regarder, tu devrais sortir tes livres de français pour étudier, poursuit Zachary. N'as-tu pas un examen tantôt ? Si je me souviens bien, tu as échoué le dernier et tu sais que maman et papa attendent impatiemment de voir si tu sauras te reprendre.

Cette fois, c'est à mon tour de rougir. Il vient de miser dans le mille, mon frérot. C'est vrai que j'ai un peu de difficulté en français. J'excelle en mathématiques et dans toutes les sciences en général. Mais quand il s'agit d'écrire, à en croire madame Touchette, mon enseignante, je fais des fautes inacceptables. Décidément, ils sont partout ces mots en « able »... D'accord, je fais des fautes, mais est-ce ma faute, justement, si la langue française est remplie d'exceptions qui ont été inventées pour embrouiller les écoliers ?

Même si je sais que Zachary m'a rappelé mon examen pour détourner mon attention et pour éviter que je pose d'autres questions, je dois reconnaître qu'il a raison. Je ferais mieux de sortir mes cahiers et d'étudier. Ça m'aidera à patienter en attendant l'arrivée de maman. Fidèle à ses habitudes, elle arrivera dans la voiture tout essoufflée, et inquiète à l'idée de pouvoir être la cause d'un retard à l'école. L'escargot se sera métamorphosé en lièvre… en criant lapin !

Je laisse mon frère tranquille. Quoique « tranquille » n'est pas le mot qui convient, puisqu'il en profite pour se remettre à se tortiller, pendant que je me plonge dans mes livres. J'en suis à essayer d'apprendre par cœur les exceptions liées au pluriel des adjectifs, quand ma mère apparaît enfin. Je la vois insérer ses clés dans la poignée et vérifier que la porte est bien fermée, avant de se diriger vers la voiture.

Elle est presque arrivée à la portière lorsqu'elle nous fait signe d'attendre une minute et retourne vers la maison, ses longs cheveux battant au vent. Devant la porte, elle vérifie de nouveau si elle est bien verrouillée. En la voyant faire,

je m'étonne. Elle vient tout juste de vérifier que tout était en ordre! J'ai envie de baisser ma fenêtre pour le lui dire, mais je n'en ai pas le temps. Elle revient à toute vitesse et s'installe derrière le volant.

— Désolée de vous avoir fait attendre, les enfants, mais j'ai eu un doute, dit-elle, comme pour s'excuser. Je n'étais plus certaine d'avoir bien fermé à clé. On peut y aller maintenant. Vous êtes bien attachés? Vous n'avez rien oublié? s'enquiert-elle, comme elle le fait chaque matin.

— Nous sommes prêts, lui dis-je avec assurance.

Je regarde mon frère, qui recommence son manège.

— Attends, maman! Je dois m'assurer que j'ai tout ce qu'il me faut, répond-il.

Ah non! Ça suffit comme ça! Je décide d'intervenir:

— Ne t'occupe pas de Zachary, maman. Moi, je sais qu'il est prêt. Il a déjà vérifié au moins vingt fois.

Maman fronce les sourcils et se tourne vers lui. Elle remarque à son tour les gestes répétitifs de mon jumeau.

— Ça va, Zachary? Tu es prêt, maintenant? s'informe-t-elle d'un air soupçonneux.

— Ça va, finit par admettre Zachary. On peut partir.

Les sourcils toujours froncés, ma mère commence à reculer dans l'allée, non sans jeter un dernier coup d'œil à la maison et à la porte d'entrée.

Bon! Enfin, nous sommes en route! Vivement que j'arrive à l'école! J'ai hâte de retrouver mes camarades, mon enseignante, et toutes les personnes normales que je côtoie quand je ne suis pas à la maison.

Parce que des bizarreries, j'en ai eu assez pour aujourd'hui !

3

Cachotteries
dans les casiers

Le silence le plus complet règne dans ma classe. Tous mes amis sont penchés sur les feuilles d'examen que madame Touchette a distribuées au retour de notre période de dîner. Voilà plus d'une demi-heure que chacun essaie de se souvenir des règles de français apprises au cours des dernières semaines.

Surprise! De mon côté, il semble que ma mémoire ait enfin décidé de ne pas me faire défaut. J'imagine que les efforts que j'ai fournis dernièrement ont porté fruit, car j'ai réussi à répondre à toutes les questions. Je crois bien n'avoir fait aucune faute. Après avoir relu ma copie afin de m'en assurer, je me lève sans bruit pour aller la donner à mon enseignante.

Stupéfaite de voir que je suis la première à avoir terminé, madame Touchette chuchote pour ne pas déranger le reste des élèves :

— Es-tu bien certaine que tu as fini, Mégane ? Tu as lu toutes les questions et tu les as bien comprises ? Tu as pris ton temps avant de répondre ?

Je lui fais un signe affirmatif. Malgré cela, elle parcourt rapidement les feuilles que je viens de lui remettre. Je suppose qu'après mon échec du mois dernier, je ne peux pas lui en vouloir de douter un peu de ma performance. Mais je ressens un élan de fierté quand je vois apparaître un sourire sur son visage. Satisfaite, elle me décoche un clin d'œil et me dit que je peux retourner m'asseoir à ma place et lire un peu en attendant que les autres aient terminé.

— Euh... j'aimerais plutôt avoir la permission d'aller aux toilettes. Je crois que j'étais nerveuse et...

— Très bien. Mais dépêche-toi. Nous allons commencer à étudier de nouvelles règles.

En sortant de la classe, j'hésite entre sauter de joie parce que j'aurai certainement une excellente note, ou me laisser décourager parce que je devrai apprendre d'autres exceptions. Je n'ai pas l'occasion de me questionner bien longtemps, toutefois, parce que mon attention est retenue ailleurs.

En m'approchant des toilettes des filles, j'aperçois deux silhouettes cachées entre les casiers de la classe de mon frère, située non loin de la mienne. D'où je me trouve, je reconnais justement Zachary et son meilleur ami, Samuel. Il faut dire que lui, je le reconnaîtrais entre mille ! Je me demande bien ce qu'ils peuvent manigancer dans le corridor en plein milieu de l'après-midi... Avaient-ils besoin d'aller aux toilettes, eux aussi ? Tous les deux ensemble ? Drôle de hasard !

Poussée par mon instinct – et, je l'avoue, par ma curiosité –, je m'approche d'eux sans me faire voir. Moi aussi, je me dissimule entre les casiers. Ainsi placée, je peux entendre leur conversation.

— Non, Zachary, je ne veux plus faire ça, affirme Samuel à mon frère, qui ne cesse de passer ses mains dans ses cheveux, visiblement anxieux.

Je remarque qu'elles sont encore plus rouges qu'elles ne l'étaient ce matin, mais lui ne semble pas s'en préoccuper. Il est trop absorbé par sa discussion avec Sam.

— Je t'en prie, Samuel... Tu dois m'aider, juste une fois encore.

— Il n'en est pas question ! Je n'aime pas ça ! Tu devrais cesser de mentir. Tu finiras par t'attirer des ennuis.

— Mais je te promets que c'est la dernière fois que je te demande ça. Tu sais que mes parents ne doivent pas savoir...

— Et pourquoi ne le sauraient-ils pas ? Ils pourraient t'aider, non ?

— Non, ils ne pourraient pas. Tu ne peux pas comprendre, et eux non plus. Je t'en prie, Sam...

Samuel ouvre la bouche toute grande en entendant mon frère l'appeler ainsi. Sans m'en apercevoir, je fais la même chose. La requête de Zachary doit être de la plus haute importance s'il essaie d'amadouer son ami de cette façon. Mais fidèle à lui-même, mon jumeau se reprend aussitôt :

— Je veux dire, Samuel, bien entendu. Samuel, Samuel, Samuel, répète-t-il sans cesse, suppliant.

Sam lève une main pour le faire taire et finit par s'avouer vaincu.

— D'accord, d'accord ! Mais je te préviens : si tu as encore des difficultés, ne compte plus sur moi pour te protéger ! s'exclame-t-il en haussant le ton, un peu trop au goût de Zachary.

— Chut ! Je ne veux pas qu'on nous entende ! N'oublie pas : personne d'autre que toi n'est au courant.

Je vois Samuel rouler des yeux et je l'entends pousser un soupir d'exaspération, mais il n'ajoute rien. Il prend plutôt le crayon que mon frère lui tend et se penche sur une feuille de papier pour y inscrire quelque chose. Malheureusement, comme je n'ai pas des

yeux de lynx, je ne peux lire ni ce qu'il y a sur la feuille ni ce que Samuel y écrit.

Lorsqu'il a terminé, il remet le papier à Zachary, qui le plie soigneusement et le glisse dans sa poche. Il se prépare à retourner dans la classe quand Samuel l'attrape par une main.

— Je te préviens, Zach, je ne t'aiderai plus si tu continues de mentir. Tu as bien compris ?

Sans prendre le temps de répondre, Zachary dégage sa main de celle de son ami et se sauve en courant vers les toilettes. Il est si pressé qu'il passe devant moi sans même me voir.

Cette fois, aucun doute : non seulement mon frère est bizarre, mais il est aussi cachottier.

Je ferais bien de commencer mon enquête plus tôt que prévu si je veux découvrir son secret...

4

Le secret
de Zachary

— **Z**achary est allé se laver les mains!

Surprise, je me retourne et je vois Sam, qui s'avance lentement vers moi, le visage sérieux. Flûte de flûte! Je l'avais oublié, celui-là!

— Que fais-tu là, cachée entre les casiers? me demande-t-il brusquement.

— Euh...

Je ne sais pas quoi répondre. Dois-je lui avouer que je les espionnais, lui et mon frère? Au départ, ce n'était pas mon intention, mais c'est tout de même ce que je faisais. Je sens mon visage s'enflammer, d'autant plus que Sam n'est plus qu'à quelques centimètres de moi.

— Euh... écoute, je... j'allais aux toilettes et je vous ai vus, Zachary et toi, et...

— Tu as décidé de fouiner, coupe-t-il. Je t'ai prise en flagrant délit, on dirait.

Je sens mes jambes se ramollir. Oui, c'est vrai, je ne me suis pas mêlée de mes affaires. Mais je n'arrive pas à l'admettre devant Sam. J'ai bien trop honte de l'avoir fait et, surtout, de m'être fait prendre comme une petite fille de trois ans, la main dans la jarre à biscuits. Quand je sens la soupe chaude, je n'y peux rien, j'attaque! Même si, d'ordinaire, je n'oserais jamais me mettre en colère contre le meilleur ami de mon frère!

— Dis donc, tu peux bien parler, Samuel! Moi aussi, je t'ai pris en flagrant délit. J'ai bien vu que tu complotais avec mon frère. Zachary a un secret, et toi, tu l'aides à le garder. J'imagine que ça doit être grave s'il ne veut pas que mes parents soient au courant. Alors, qu'as-tu à dire pour ta défense ?

Surpris par ma vigueur, Samuel m'observe quelques secondes sans rien dire. Puis ses épaules s'affaissent, comme s'il portait soudainement un sac à dos trop lourd. Il ne semble plus furieux du tout. Il a l'air contrarié, mais je ne crois pas que ce soit à cause de moi. Il me le démontre en me parlant d'une voix adoucie.

— Ça va, Mégane, ne te fâche pas. Je ne suis plus en colère. Je ne veux surtout pas me quereller avec toi.

Je dois m'appuyer à un casier pour ne pas tomber à la renverse. Samuel vient de me dire qu'il ne veut pas être brouillé avec moi ! Est-ce que lui aussi me trouverait de son goût ? Évidemment, je ne peux pas l'interroger là-dessus maintenant. De toute façon, il a déjà repris la parole.

— Tu as raison, Mégane. Zachary a un secret, et c'est assez grave.

Mon visage a dû devenir blême, parce que Sam se reprend aussitôt.

— Non, non, n'aie pas peur. C'est grave, mais pas tant que ça. Du moins,

je ne le crois pas. Mais Zachary, lui, semble penser que c'est la fin du monde.

J'essaie de comprendre ce que Samuel tente de me dire, mais je n'y arrive pas. Je perds patience.

— Arrête de tourner autour du pot, Samuel! Vas-tu m'expliquer ce qui se passe à la fin?

— Je voudrais bien, mais j'ai promis à Zachary de ne rien dire à personne.

Et une promesse, c'est une promesse. Je ne veux pas trahir mon meilleur ami!

— Il est trop tard pour ça, Samuel. Je vous ai entendus. Tu sais que si je me mets en tête de découvrir ce secret, je réussirai. Ce sera juste plus long sans ton aide.

Samuel hésite encore quelques secondes, puis, devant mon insistance, se décide enfin à dévoiler la vérité.

— Ton frère est en train de couler son année, Meg!

5

Détective
ou malfaiteur?

Mon frère? Couler? Je m'attendais à tout, sauf à ça. Zachary, c'est un petit génie, un rat de bibliothèque, l'élève par excellence, le chouchou des enseignants. Il n'a jamais éprouvé de difficultés en classe. Contrairement à moi, il ne fait aucune faute en écrivant. On jurerait que les règles de grammaire ont été imprimées dans son cerveau dès sa naissance! Et ses cahiers sont d'une propreté exemplaire. Il est moins passionné que moi pour les questions scientifiques et environnementales, mais ça ne l'empêche pas d'être doué en tout. Je n'y comprends rien à rien.

— Comment ça, Zachary est en train de couler? Qu'est-ce que tu racontes, Sam?

— La stricte vérité, je te le jure, Meg. Ça fait trois examens qu'il échoue.

— Trois! Mais c'est impossible. Pas plus tard que ce matin, il m'a taquinée parce que j'ai eu une mauvaise note. En plus, si Zachary avait coulé, mes parents le sauraient. Ils doivent signer nos évaluations. Tu aurais dû voir leur tête quand ils ont été obligés de signer mon examen de français, le mois dernier!

— En principe, ils doivent signer, oui, confirme Samuel d'un air penaud. Ou du moins, une signature doit apparaître sur la feuille…, me confie-t-il à regret.

Soudain, je comprends tout.

— C'est toi qui as signé les examens de Zachary? Et c'est ça que tu faisais tout à l'heure? Tu imitais la signature de mes parents?

— Tu as deviné, Mégane. Tu ferais une bonne détective! constate Samuel, sans pour autant perdre son sérieux.

Meg et Sam, détectives privés. Oui, vraiment, ça sonne bien. Sauf que c'est moi la détective, et Sam, le malfaiteur. Comme équipe, on a déjà vu mieux!

— Qu'est-ce qui t'a pris d'encourager mon frère à tricher, Sam?

— Je ne voulais pas le faire, crois-moi. Mais Zach, pardon, Zachary a tellement insisté que j'ai fini par accepter de l'aider. Et puis, il m'avait promis que ça ne se reproduirait plus et qu'il se reprendrait. Sauf qu'on dirait que c'est pire, maintenant. Il n'arrive pas à se concentrer en classe, il prend une éternité pour répondre à une seule question, et son efface sert plus que son crayon. Tu devrais le voir se tortiller! Un vrai...

— ... ver à chou? dis-je, me souvenant de la nervosité de mon frère dans la voiture, ce matin.

— Exactement, approuve Samuel. C'est agaçant à la longue! Il a toujours la bougeotte. On dirait vraiment qu'il ne sait plus comment répondre aux questions d'un examen.

Je ne sais plus quoi dire. J'ai l'impression que mon jumeau cache plus de choses que nous le pensons, Sam et moi. En ce qui concerne Zachary le ver, il y a sûrement anguille sous roche.

Je me souviens brusquement de ce que m'a lancé Samuel lorsqu'il m'a aperçue.

— Tu m'as dit que Zachary était allé se laver les mains, non? Pourquoi m'as-tu parlé de ça? On dirait que c'est encore plus grave que d'avoir échoué à des examens.

— C'est peut-être le cas, murmure Samuel d'un air mystérieux. Disons que si Zachary passait autant de temps à étudier et à répondre aux questions de ses examens qu'à se laver les mains, il aurait toujours des notes parfaites. Si un test portait sur les questions d'hygiène, de bactéries et de microbes, ton frère n'aurait aucune difficulté à le réussir. Il en sait plus que n'importe qui à ce sujet. Si quelqu'un tousse près de lui ou l'effleure, il court se laver les mains. S'il touche à une poignée de porte sans faire passer sa manche de chandail par-dessus sa main, il court la laver. Ce n'est pas normal de vouloir être aussi propre.

Même notre enseignante a commencé à remarquer qu'il s'attardait beaucoup aux toilettes.

Tout en écoutant parler Samuel, je revois l'état des mains de mon jumeau. C'est pour cela qu'il passe tant de temps dans les toilettes à la maison! Il se lave les mains! Mais pourquoi les lave-t-il aussi longtemps? Et quel rapport y a-t-il avec ses échecs à l'école? Décidément, les pièces du casse-tête ne s'emboîtent pas très bien.

— Je ne pourrai plus couvrir ton frère très longtemps, ça, c'est sûr, continue Samuel. Ni pour ça ni pour ses examens. Tiens, en ce moment, nous devrions déjà être retournés en classe. Madame Poitras nous avait simplement demandé d'aller porter quelques boîtes de rangement au concierge pour qu'il les mette dans la réserve. Il faudra encore que j'invente une excuse pour expliquer notre retard !

Samuel et moi sursautons quand nous entendons justement la voix de son enseignante se rapprocher de la porte. Elle se demande sans doute ce que mon frère et lui fabriquent.

Je me prépare à partir quand Samuel m'agrippe une main.

— Surveille Zachary, Mégane. Il est bizarre…, murmure-t-il, inquiet, avant d'aller rejoindre madame Poitras, l'empêchant ainsi de sortir du local et de m'apercevoir.

Tandis que je retourne vers ma classe avant que madame Touchette ne s'inquiète de ma propre absence, j'ai la tête bourrée de questions sans réponses. Comment se fait-il que Zachary soit en train d'échouer, lui qui est si bon à l'école ? Et pourquoi est-il si préoccupé par l'hygiène, tout à coup, au point d'avoir les mains ensanglantées ? Serait-il malade ? Si c'est le cas, pourquoi veut-il le cacher, en particulier à mes parents ?

Je ne parviens qu'à confirmer une chose : je ne ressemble vraiment pas à Zachary ! Parce que, contrairement à mon frère jumeau, je n'ai plus envie de me laver les mains. En tout cas, pas celle que Samuel a prise dans la sienne !

6

Minuit, l'heure
des cambrioleurs

Quelque chose me tire brusquement du sommeil peuplé de chevaliers
et de princesses dans lequel j'avais réussi
à sombrer. Qu'est-ce que c'est? Des bruits
de pas? Des tiroirs qu'on ouvre et qu'on
referme? Je me pince pour vérifier si je
rêve encore. Ouille! Ça fait mal! Pas de
doute, je suis bel et bien réveillée. Et les
bruits que j'entends proviennent... du

sous-sol! Je me redresse pour voir l'heure sur le réveille-matin qui repose sur ma table de chevet.

Oh non! Minuit! Je déteste cette heure de la nuit. En principe, tout le monde devrait dormir. Pourtant, c'est l'heure où les cambrioleurs commencent à envahir les maisons des gens qui dorment paisiblement. C'est sûrement l'heure à laquelle un de ces cambrioleurs a dévalisé notre demeure, il y a moins de six mois.

Je m'en souviens comme si c'était hier. Difficile de l'oublier! Ma mère, mon père, Zachary et moi revenions d'un souper chez mes grands-parents. Sur le chemin du retour, mon frère et moi nous étions assoupis dans la voiture. Il était justement passé minuit, bien plus tard que l'heure habituelle de notre coucher.

Quand j'ai senti que le moteur de la voiture s'arrêtait, j'ai soulevé mes paupières. Je m'attendais à ce que mon père ouvre les portières pour nous aider à sortir, mais, au lieu de cela, il nous a ordonné de rester à nos places.

— Que se passe-t-il? a demandé mon frère, qui se réveillait à son tour.

— Je ne suis pas sûre, a répondu maman, alors que papa s'avançait à pas de loup vers la maison.

Je le voyais très bien, grâce aux lumières des lampadaires. Dehors, tout paraissait très calme. À part mon père, et quelques feuilles qui virevoltaient au vent, rien ne bougeait. Malgré cette apparente tranquillité, papa s'est brusquement arrêté à quelques mètres de la porte d'entrée : elle était grande ouverte !

— C'est impossible, a murmuré ma mère.

Mon frère et moi n'avons pas répondu. Nous savions que maman se parlait à elle-même. Pour ma part, mon cœur s'est mis à battre très vite, et j'ai commencé à avoir très chaud. Zachary, lui, regardait la porte avec des yeux ronds comme des vingt-cinq sous. Il ne s'endormait plus du tout.

— Attendez ! Je vais juste aller voir ! nous a crié papa sans que nous puissions protester.

Maman s'agitait sur son siège et tentait de nous rassurer.

— Ne vous en faites pas, les enfants. Papa va seulement s'assurer que tout est en ordre. Je suis certaine que ce n'est rien de grave. C'est sans doute une rafale de vent qui a brisé la porte.

Une porte brisée par une rafale de vent? Drôle d'explication! Il ventait, mais pas à ce point!

— Des voleurs sont entrés dans la maison? a demandé Zachary, blanc comme un drap. Sont-ils partis, maintenant?

Avant que maman n'ait le temps de répondre, mon père est revenu vers la voiture.

— Ils ont tout pris! s'est-il exclamé en étouffant un juron. Tout! Et naturellement, plus aucune trace de ces malfaiteurs!

«Naturellement»? J'aurais plutôt dit «heureusement»! Qu'aurait bien pu faire papa contre une bande de voleurs armés jusqu'aux dents? Il est doux comme un agneau et ne ferait pas de mal à une mouche. Si au moins il était grand ou costaud, il pourrait prétendre être un dur à cuire. Mais avec sa silhouette maigrichonne, sa petite taille et son visage juvénile, il passe pratiquement pour notre frère, à Zachary et à moi. Aucune chance qu'il effraie qui que ce soit, encore moins des bandits. Même

ma mère, qui est plus grande que lui, aurait davantage de chance de faire fuir des truands. J'ai toutefois gardé ces commentaires pour moi. De toute façon, maman s'est chargée de le gronder.

— Tu n'aurais pas dû entrer ! lui a-t-elle reproché d'un ton sévère. Et si les voleurs avaient été encore là, justement ? As-tu songé au danger ? Pour toi, pour moi, pour les enfants ?

— Oh ! a répondu papa, penaud. Tu as raison. Sur le moment, je n'y ai pas pensé. J'aurais dû être plus prudent, a-t-il admis en utilisant son cellulaire pour téléphoner à la police.

Environ dix minutes plus tard, qui m'ont paru des heures, les agents sont arrivés. Après une inspection, ils ont confirmé que des voleurs avaient emporté nos meubles, notre téléviseur à écran géant, les beaux bijoux de maman, l'ordinateur portable de papa, le micro-ondes, et plein d'autres choses encore. Comble de malheur, toute la collection de DVD que Zachary et moi avions pris soin d'amasser avait disparu, elle aussi. Finies nos belles soirées de cinéma maison, à regarder des films et à grignoter du maïs soufflé !

Un nouveau bruit me tire de mes sombres souvenirs. Sans pouvoir m'en empêcher, je me mets à trembler. Et si le voleur revenait pour voler de nouveaux objets ? Et s'il savait que Zachary et moi avons déjà recommencé à rassembler des DVD pour une nouvelle collection ? Un cambrioleur amateur de cinéma, ça se pourrait fort bien !

J'ai envie de crier, tellement j'ai peur. Mais je me souviens soudain d'une autre chose : c'est impossible que quelqu'un ait pénétré chez nous. Depuis le cambriolage, mes parents ont fait installer un système d'alarme des plus sophistiqués. Même les chevaliers de mes rêves seraient incapables de pénétrer la forteresse qu'est devenue notre maison. Mais alors qui, ou quoi, peut faire tout ce bruit ?

Prenant mon courage à deux mains, je décide de me lever pour aller jeter un coup d'œil. Après tout, j'ai passé l'âge de croire aux monstres qui peuplent les sous-sols. Reste les revenants… Mais je me console en me disant que, d'ordinaire, ils hantent les greniers, pas les sous-sols.

Tandis que je descends doucement les marches, en évitant celles qui ont la fâcheuse habitude de craquer, il me vient une idée. Le bureau de papa est au sous-sol. C'est sûrement lui qui est en train de travailler jusqu'aux petites heures de la nuit. Ce ne serait pas la première fois. Oui, c'est ça ! Papa a décidé de faire des heures supplémentaires.

Rassurée par cette pensée, je pousse la porte menant au sous-sol, au bas de l'escalier.

Horreur ! Une main attrape la manche de mon pyjama et me tire sans ménagement dans le bureau !

7

Minuit,
l'heure de...

— **Z**achary!

— Chut! Ne crie pas comme ça, tu vas réveiller maman et papa, me chuchote mon frère.

Le cœur battant, les jambes tremblantes, je me plante devant mon jumeau, les deux mains sur les hanches. Je le fusille de mon regard le plus mauvais. Il est aussi bien de s'excuser de m'avoir effrayée, sinon...

— Pardonne-moi, Mégane, je ne voulais pas t'alarmer, commence Zachary, qui recule devant mon air menaçant.

Voilà qui est mieux!

— Je ne croyais pas te réveiller, poursuit-il. J'ai pourtant essayé de ne pas faire trop de bruit.

— Tu plaisantes! Tu faisais plus de vacarme qu'un éléphant dans un magasin de porcelaine!

— Oh, arrête, Mégane! Tu exagères! La preuve, c'est que maman n'est pas descendue. Et tu sais que le moindre petit son suspect la tire de son lit. C'est déjà un miracle qu'elle ne t'ait pas entendue.

— D'accord, peut-être que j'exagère un peu. N'empêche, c'est une drôle d'heure pour être debout. Veux-tu me dire ce que tu fabriques dans le bureau de papa?

— Et pourquoi je te le dirais? se renfrogne Zachary. Ça ne te regarde pas, après tout. Tu es ma sœur jumelle, pas mon père ou ma mère. Je ne te dois aucune explication.

— Bon, si j'ai bien compris, tu recommences tes cachotteries!

— Comment ça, je recommence ? me demande mon frère, soupçonneux.

Oh ! oh ! Je crois que je viens de me trahir. Qu'importe, aussi bien en profiter pour crever l'abcès.

— Je t'ai entendu parler à Samuel cet après-midi à l'école. Et je sais qu'avec son aide, tu as menti à maman et à papa. Tu leur as caché que tu as échoué à trois examens.

— Hé ! pour qui te prends-tu ? Columbo ? Hercule Poirot ? James Bond ? Tu n'as pas le droit de m'espionner ! D'abord, tu passes toute la matinée à me surveiller et, ensuite, tu nous observes en cachette, mon meilleur ami et moi ? me lance mon frère avec hargne.

— Je me prends pour ta sœur, tout simplement ! lui dis-je sans me laisser impressionner. Figure-toi que je suis inquiète à ton sujet.

— Eh bien, c'est gentil de ta part, mais rassure-toi, je vais très bien, affirme mon frère. J'ai juste eu un peu de difficulté avec mes derniers tests, mais je suis en train de me rattraper. Alors tu peux aller te recoucher sans crainte.

Il tente de me pousser vers les escaliers pour que je remonte dormir.

Alors qu'il retire ses mains de mon pyjama, je remarque une tache rouge vif sur le tissu rose pâle. Je prends les mains de Zachary : ce sont bel et bien elles qui ont fait cette tache de sang.

— Zachary ! Regarde ! Tes mains ! Elles saignent encore ! Et ta peau est toute craquelée. Qu'est-ce qui t'arrive ? Tu es malade ?

— Laisse-moi tranquille à la fin ! hurle mon jumeau en dégageant ses mains.

Furieux, il se sauve dans l'atelier de peinture de ma mère. Je l'entends ouvrir le robinet du lavabo dans lequel maman nettoie ses pinceaux. Oh, pauvre Zachary ! Non seulement il est debout au beau milieu de la nuit, mais en plus il va troubler l'ordre qui règne toujours dans cette pièce. Maman déteste ça ! Je sens qu'il va se faire disputer...

Puisque l'eau coule toujours, et que Zachary en a pour plusieurs minutes, j'en profite pour me diriger vers le bureau de mon père. Des cahiers d'exercices et des feuilles d'étude qui appartiennent à mon frère trônent sur le dessus. Même si je sais que je ne devrais pas, j'attrape un à un les cahiers et je les examine.

Une nouvelle surprise m'attend. Je me rappelle très bien que mon frère et moi avons fait nos devoirs ensemble avant le souper. Pourtant, toutes les réponses de Zachary sont effacées. Il n'y a plus rien sur les lignes tracées d'avance, sinon quelques résidus de coups de gomme à effacer.

Je sursaute légèrement quand Zachary me rejoint, après avoir fermé le robinet de l'atelier. Il tient une serviette et y essuie ses mains à répétition. J'ai peur qu'il en vienne à s'arracher la peau tellement il les frotte fort.

— Arrête! Tu m'énerves! Tu ne vois pas que tes mains sont propres? Tu les astiques tellement qu'elles saignent! Que cherches-tu à faire?

— Tu ne peux pas comprendre, Mégane, me répond-il d'une toute petite voix apeurée.

Voyant que mon frère regarde maintenant ses cahiers, je l'interroge à ce sujet.

— Qu'est-il arrivé à tes devoirs? Où sont les réponses que tu as inscrites tout à l'heure, quand nous avons fait nos travaux ensemble?

— Il a fallu que je les efface, me dit-il simplement, comme si c'était évident.

— Mais pourquoi? Tu avais terminé. Pourquoi tiens-tu à tout recommencer?

— Parce que ce n'était pas parfait!

— Ce n'était pas parfait? Que veux-tu dire? Il y avait des erreurs? C'est impossible, tu ne fais presque jamais d'erreurs, surtout en français.

— Non, Mégane, je n'avais pas fait d'erreurs. Je te l'ai dit, tu ne peux pas comprendre. Il fallait que je reprenne mes devoirs parce qu'ils n'étaient pas à mon goût. Les lettres n'étaient pas tracées parfaitement. Ce n'était pas assez beau!

— Pas assez beau? Mais voyons, Zachary, tes devoirs sont toujours très propres!

— Non, ils ne le sont pas. Ils ne l'étaient pas tout à l'heure et ils ne le sont pas maintenant. Je dois tout recommencer, tout écrire parfaitement, sinon je ne pourrai pas dormir! Je n'ai pas le choix! Il le faut!

— Zachary! Tu me fais peur! De quoi parles-tu? Je ne comprends rien!

— Je sais, Mégane! Je te l'avais bien dit! Personne ne peut me comprendre!

souffle Zachary en se mettant à pleurer
à chaudes larmes.

Je sens mon cœur se serrer devant
sa détresse, mais je ne sais pas quoi
faire pour l'aider.

— Tu as tort, Zachary ! dit alors une
voix derrière nous.

Mon frère et moi nous retournons
d'un même mouvement. Ma mère se tient
dans l'encadrement de la porte, un doux
sourire compréhensif sur le visage. Mon
père est debout derrière elle, les mains
sur ses épaules, affichant le même sourire.

— Moi, je te comprends, murmure maman en se dirigeant vers Zachary pour le serrer tendrement dans ses bras.

8

TOC ! TOC ! TOC !

Samuel et moi nous sommes trompés sur toute la ligne : mon frère n'est absolument pas bizarre. Ses comportements nous apparaissent bizarres, c'est vrai, mais lui ne l'est pas du tout. C'est justement ce qu'est en train de nous expliquer la psychologue que nous rencontrons, mes parents, Zachary et moi, afin de mieux comprendre la maladie de mon frère.

— Zachary est aux prises avec le TOC, nous dit-elle d'une voix douce, qui calme un peu la nervosité que nous ressentons à nous trouver dans son bureau.

Malgré cela, je sursaute légèrement en entendant ce mot. TOC ? Drôle de nom pour une maladie ! TOC ! TOC ! TOC ! Qui est là ? C'est moi, la maladie de Zachary ! Comme si elle avait lu dans mes pensées, madame Gervais esquisse un petit sourire avant de continuer.

— Le mot TOC peut vous sembler comique pour désigner une maladie. En réalité, les lettres T, O, C. signifient « trouble obsessionnel-compulsif ».

Tout en parlant, le Dr Gervais se lève et va chercher un dictionnaire sur l'une des tablettes de la bibliothèque qui occupe tout un mur de la pièce. Oh non ! Pas un cours de français ici ! Déjà que j'aurai toutes les difficultés du monde à apprendre à dire correctement ce dont souffre mon jumeau, j'ose à peine imaginer ce que ce sera d'essayer de l'écrire. D'un autre côté, ça me permettra de m'exercer pour mes leçons de français.

— À « obsession », on peut lire : idée, image, mot qui s'impose à l'esprit de façon répétée. À « compulsion », il est écrit : impossibilité de ne pas accomplir un acte, poursuit madame Gervais. Autrement dit, des images et des peurs surgissent sans crier gare dans l'esprit de Zachary. Pour les chasser, il croit qu'il doit absolument répéter les mêmes gestes. Par exemple, il éprouve le besoin de se laver les mains très souvent et très longtemps. Il a une peur bleue des bactéries. Il a l'impression que, s'il ne se lave pas correctement, il sera malade ou il rendra ceux qu'il aime malades. N'est-ce pas, Zachary?

Mon frère, qui était demeuré silencieux jusque-là, hoche lentement la tête.

— Oui! C'est vrai! Je suis terrorisé à l'idée qu'un microbe puisse s'attaquer à moi, ou à vous, maman et papa... même à toi, Mégane, parvient-il à blaguer, malgré le sérieux de la situation.

Mes parents étouffent un fou rire, et l'atmosphère s'en trouve détendue. Pour ma part, je souris et je n'en veux pas à Zachary, au contraire. Pour bien comprendre la maladie de mon frère, je demande à la psychologue:

— Est-ce la même chose pour ses comportements dans la voiture? C'est incroyable tout ce qu'il vérifie: qu'il est bien attaché, qu'il n'a pas oublié quelque chose à la maison. Il n'arrête pas de regarder dans son sac à dos ou d'examiner sa ceinture de sécurité.

— C'est exactement la même chose, Mégane, confirme-t-elle. Il ne peut pas s'en empêcher... pour le moment, du moins.

— Dernièrement, continue papa, il connaît des difficultés à l'école. Il gaspille un temps précieux à effacer des réponses correctes et n'arrive pas à terminer ses examens à l'intérieur du délai fixé par son enseignante.

— Encore une fois, ce sont des comportements liés au TOC. Zachary désire que tout soit parfait. Il n'est jamais satisfait de ses efforts. Il croit toujours qu'il lui faut effacer ses réponses pour en inscrire de nouvelles, plus propres et mieux alignées. Il a le sentiment que quelque chose de terrible se produira si ce n'est pas totalement à son goût.

— Comme quoi? s'enquiert mon père.

— Zachary? Peux-tu répondre à cette question? s'informe la psychologue.

— Euh... c'est difficile à expliquer, avoue mon frère. Je ne sais pas vraiment ce qui pourrait arriver, mais j'ai l'impression que, si je ne respecte pas tout un rituel pour chaque chose, un événement terrible surviendra, comme une maladie, un accident, ou un échec à l'école. J'ai souvent l'impression que je suis en train de devenir fou...

Mon jumeau n'arrive pas à terminer sa phrase. Il éclate en sanglots et est incapable de continuer à parler. En le voyant de nouveau dans cet état, je sens des larmes me picoter les yeux. J'aimerais tellement l'aider ! Mais je ne sais toujours pas quoi dire pour y arriver. C'est plutôt ma mère qui prend la parole.

— Pourquoi ne nous en as-tu jamais parlé, Zachary ? l'interroge-t-elle en lui frottant délicatement les épaules.

— J'avais l'impression que vous ne pourriez pas comprendre, réussit-il à articuler entre deux hoquets. Je sais que je ne suis pas normal, et...

— Ce n'est pas vrai, Zachary, l'interrompt le Dr Gervais. Tu es malade, mais cela ne veut pas dire que tu n'es pas normal. En réalité, tu as des comportements tout à fait normaux pour quelqu'un qui souffre du trouble obsessionnel-compulsif.

— Donc, je ne suis pas fou ?

— Pas plus que moi, lui dit alors maman. Même si, moi aussi, j'ai long-temps pensé que j'étais folle avant d'apprendre que je souffrais du TOC. Et c'est grâce à toi, Zachary, que je le sais. C'est aussi grâce au courage dont tu fais preuve en acceptant de te confier à la psychologue.

Surpris, Zachary et moi nous tour-nons vers maman, qui affiche un sourire résigné. Seuls mon père et la psycho-logue demeurent calmes, bien installés dans leur fauteuil respectif.

— Maman, de quoi parles-tu ? demandons-nous à l'unisson, mon frère et moi.

— J'ai discuté avec le Dr Gervais, nous confie maman. Tu sais, Zachary, je t'ai beaucoup observé récemment, et je me suis reconnue en toi. Depuis que je suis toute petite, j'ai de nombreuses manies que je m'efforce de cacher à tout le monde, en particulier à vous, mes amours.

Je n'en reviens pas ! Quand ma mère a dit qu'elle comprenait Zachary, je croyais que c'était parce que... Eh bien, parce qu'elle est une maman et que les

mamans sont censées tout comprendre! Incapables de prononcer un seul mot, Zachary et moi attendons patiemment la suite.

— À l'école, j'échouais souvent à mes examens, parce que je portais plus attention à l'aspect esthétique de mes réponses qu'à leur contenu. J'ai des rituels, moi aussi, comme vérifier les emballages des tablettes de chocolat pour m'assurer qu'ils ne sont pas écorchés, vérifier quatre fois plutôt qu'une les dates d'expiration des aliments, ne jamais arriver en retard, et bien d'autres encore. Mais dernièrement, il y en a un en particulier dont je n'arrive pas à me débarrasser. Mégane et Zachary, vous avez dû remarquer que je prends beaucoup de temps le matin pour sortir de la maison, n'est-ce pas?

Mon frère et moi hochons la tête, toujours silencieux.

— Eh bien, poursuit maman, c'est que j'inspecte toutes les portes et les fenêtres au moins dix fois pour être bien certaine que tout est verrouillé, sinon j'ai le sentiment que quelque chose de terrible se produira. J'ai beau vérifier et revérifier, il me semble que j'oublie toujours une porte ou une fenêtre. Et le cambriolage n'a sûrement pas amélioré mon état.

— En réalité, remarque alors la psychologue, il est vrai que le cambriolage a pu vous nuire, mais vous souffriez déjà de cette maladie. Malheureusement, nous n'en connaissons pas encore la cause exacte. Il se peut qu'elle soit liée à un traumatisme, comme un cambriolage ou une agression, ou encore qu'elle soit génétique et qu'elle se transmette de façon héréditaire.

— Ce qui veut dire que Zachary souffre du TOC parce que je le lui ai transmis? déplore maman.

— C'est possible... Mais chose certaine, ce n'est pas votre faute. Vous n'avez rien à vous reprocher.

Héréditaire? Je m'empresse de poser une question qui me tracasse:

— Est-ce que ça veut dire que je pourrais l'attraper, moi aussi?

— Non, Mégane, c'est beaucoup plus compliqué que cela, me rassure madame Gervais. Le TOC n'est pas comme le rhume ou la varicelle. Ce n'est pas contagieux.

Bon, au moins, je suis à l'abri. Sauf que cela ne règle pas le problème de maman et de Zachary.

— Est-ce qu'il y a quelque chose à faire contre cette maladie, madame Gervais ? se renseigne justement papa.

— Oh ! beaucoup de choses ! affirme la psychologue, l'air confiant. Bien entendu, il existe des médicaments qui pourraient aider, mais, si vous le voulez bien, nous allons d'abord tenter une autre approche. Je vais vous donner des trucs pour contrer la maladie, et, vous verrez, elle aura de moins en moins d'emprise sur votre vie si vous les appliquez. Mais pour cela, tout le monde devra mettre la main à la pâte ! note-t-elle en adressant un clin d'œil à Zachary.

Toute la famille ensemble... Oui, pourquoi pas ? J'ai soudain bon espoir que notre histoire finira bien. Même que j'imagine déjà quel pourrait être le titre de cette histoire-là : *Meg et sa famille contre le TOC...*

9

Superman attendra !

— **C**harles ! Dépêche-toi, nous allons être en retard au cinéma ! crie ma mère du bas de l'escalier.

En entendant maman commencer à s'impatienter, j'ai peine à contenir mon fou rire. Je ne dois surtout pas trahir mon père. Il m'a confié qu'il s'arrangerait pour que nous arrivions après le début de la présentation du film. La psychologue nous a assurés que rien de terrible ne se produirait si les rituels de maman et de Zachary n'étaient pas suivis à la lettre. Papa et moi en sommes convaincus, reste maintenant à en convaincre nos malades. J'ai bien hâte de voir quels stratagèmes mon père va utiliser pour y parvenir.

— Ne désespère pas, Mimi, j'arrive dans quelques minutes... le temps de retrouver le verre de contact que j'ai échappé par terre.

— Voulez-vous bien me dire ce qui lui a pris de porter des verres de contact alors que ses lunettes lui vont si bien? s'exaspère ma mère en montant l'escalier pour aller lui donner un coup de main.

— Elle s'appelle Michelle, papa, pas Mimi! gronde Zachary, qui tente de passer le temps en lisant un livre, bien assis sur le divan du salon.

— Papa a bien le droit d'appeler maman Mimi s'il le désire, n'est-ce pas, Zach?

Mon frère est sur le point de se fâcher, mais il se ravise. Il se souvient que laisser les gens utiliser des surnoms est un des exercices imposés par le Dr Gervais. Il soupire de dépit bien plus que de soulagement et se replonge dans sa lecture. C'est un autre moyen de lui changer les idées, toujours selon la psychologue.

Environ cinq minutes plus tard, maman et papa descendent les marches et viennent nous rejoindre. Papa se frotte vigoureusement les yeux, tentant de s'habituer aux verres de contact.

— Je ne comprends pas comment mon verre de contact a pu se retrouver si loin sous la commode, ment-il en m'adressant un léger sourire en coin.

— Tu devrais te contenter de tes lunettes, lui suggère ma mère. Je trouve qu'elles te donnent un petit air de Clark Kent. J'avoue que j'ai toujours eu un faible pour Clark et sa maladresse, bien plus que pour Superman.

— Es-tu en train de me dire que je suis maladroit ? fait mine de s'indigner mon père.

— Il faut l'être pour laisser tomber un verre de contact à un tel endroit ! s'exclame maman.

— En parlant de Clark Kent et de Superman, allons-nous voir le film, oui ou non ? demande Zachary.

— Bien sûr que nous y allons ! lui affirme papa. Le temps de vérifier les portes et les fenêtres… Nous ferons le tour une seule fois, tout le monde ensemble, avec Michelle, d'accord ?

Maman le regarde, pousse un profond soupir comme pour se donner du courage, et nous accompagne dans notre ronde d'inspection.

— Bravo, Michelle ! s'écrie mon père une fois que nous sommes dehors. Nous avons tout vérifié, activé le système d'alarme, et nous avons réussi à le faire en moins de deux minutes. Comment te sens-tu ?

— Aussi nerveuse qu'heureuse, remarque ma mère, légèrement tremblante tandis qu'elle ouvre la portière de la voiture.

Mon père se place derrière le volant, alors que Zachary et moi nous nous installons sur la banquette arrière. Malheureusement, comme dirait mon père, chassez le naturel et il revient au galop ! Mon jumeau le ver se met donc à examiner la ceinture de sécurité sous toutes ses coutures. Voyant cela, je sors le livre de blagues que j'ai acheté exprès pour ces moments-là. J'en aurai grandement besoin, parce que, comme maman,

Zachary a toutes sortes de petites manies que nous n'avions pas remarquées auparavant. Il compte toutes les bouchées qu'il avale, il ne prend jamais le premier biscuit dans un nouveau paquet, il entre dans sa chambre à reculons, et plusieurs autres encore. Par contre, mes blagues devraient l'aider à se détendre suffisamment pour en oublier quelques-unes.

— Hé, Zachary! dis-je en ouvrant le livre à une page que je trouve particulièrement drôle. Une maman tortue et son fils attendent l'autobus à un coin de rue. La maman dit à son petit: «Ne t'éloigne pas, l'autobus arrive dans deux heures!»

Zachary éclate de rire, et en oublie l'inspection de sa ceinture. De toute façon, elle était bien attachée du premier coup.

— À propos de tortue, interrompt maman, Charles, tu ne crois pas que tu conduis trop lentement?

Mon père me jette un coup d'œil dans le rétroviseur. Je me pince les lèvres et je fais comme si de rien n'était. Je raconte une nouvelle blague à mon frère, qui continue de s'esclaffer.

— J'ai lu dans le journal que les services de police de notre ville étaient pour sévir sur la question de la vitesse. Alors mieux vaut être prudents, tu ne crois pas, Michelle ?

— Je suis pour la prudence, Charles, surtout que des enfants courent souvent dans les rues, mais tout de même ! Tu roules à peine à vingt kilomètres à l'heure, lui fait remarquer ma mère.

Au grand soulagement de maman, nous arrivons à l'intersection menant au cinéma dix minutes avant le début du film. C'est à ce moment que papa décide de s'arrêter à une station-service.

— Pourquoi t'arrêtes-tu ?

— Je vais bientôt manquer d'essence, et tu sais comme je déteste faire le plein tard le soir. C'est…

— Je sais, je sais, soupire ma mère, c'est plus prudent en plein jour. Décidément, tu mériterais la médaille de la prudence, aujourd'hui… À moins que ce ne soit le trophée du plus grand conspirateur de tous les temps ! Mégane et toi, vous formez une très belle équipe ! devine maman, qui nous gratifie d'un large sourire, nous montrant qu'elle ne nous en veut pas.

Enfin, nous arrivons au cinéma. Le temps d'acheter les billets et de se trouver des places, le film commence à peine. Papa avait bien prévu son coup. Nous sommes arrivés en retard, c'est vrai, mais nous n'avons manqué que les bandes-annonces. Et maintenant, nous pouvons profiter du long métrage.

Bien entendu, nous profitons aussi du maïs soufflé, sur lequel papa a fait mettre une tonne de beurre. Zachary sera bien obligé d'endurer ses mains collantes s'il ne veut rien rater du film! Une autre idée de papa pour convaincre Zachary qu'il n'y a pas de mal à se laver les mains moins souvent et moins longtemps. C'est assez comique, quand on y pense. D'habitude, les parents font tout pour que leurs enfants se lavent les mains!

Alors que Superman, le héros du film, crève l'écran, je me demande qui est le véritable héros de notre histoire...

A) Zachary, pour avoir enfin accepté de parler de sa maladie?

B) Ma mère, pour avoir avoué qu'elle en souffrait aussi?

C) Mon père, qui fait tout en son pouvoir pour les aider?

D) Samuel, qui cache les gommes à effacer de mon frère durant les examens ?

E) Moi, pourquoi pas, avec mes blagues aux pouvoirs de guérison ?

Si j'étais en train de répondre à la question d'un examen, je choisirais probablement :

F) Toutes ces réponses !

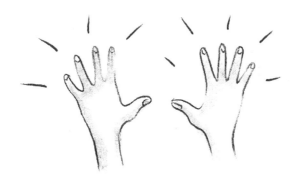

Épilogue

Voilà déjà quelques mois que le TOC de Zachary et de maman a été diagnostiqué. Et depuis, tout a changé pour le mieux au sein de notre maisonnée.

Ma mère, mon père, mon frère et moi prenons le temps de déjeuner ensemble tous les matins avant que maman vienne nous reconduire à l'école, toute souriante. Elle n'est ni escargot ni lièvre, seulement notre maman.

Zachary est beaucoup moins tendu qu'avant. Il ne court plus aux toilettes dès que quelqu'un l'effleure. Et moi, je peux enfin me soulager avant de partir pour l'école au lieu d'attendre d'y être arrivée !

Mon jumeau a pu reprendre les examens qu'il avait échoués, avec l'accord de madame Poitras, son enseignante. Comme nous, elle a été très compréhensive. Et mon jumeau a obtenu des notes parfaites... en utilisant une écriture loin d'être parfaite ! Oh, il ne fait toujours pas de fautes, mais le plus important est qu'il ne s'attarde plus autant à la propreté excessive. Ses devoirs sont propres, mais raisonnablement, tout comme ses mains, qui ont repris un aspect normal.

Pour me remercier de mon aide, Zachary a même décidé de me prêter main-forte dans mes cours de français. Depuis, je ne fais presque plus d'erreurs. C'est vrai que ce n'est pas si compliqué que ça, les exceptions. Surtout quand on a le meilleur des professeurs.

Samuel vient de plus en plus souvent à la maison, mais pas seulement pour voir mon frère... Lui et moi nous touchons souvent les mains maintenant, et ce n'est pas pour mettre le TOC de Zachary à l'épreuve !

Un jour, mon jumeau nous a surpris. Il n'a pas manqué de nous taquiner :

— Attention, vous deux ! Si vous continuez, vous allez attraper un virus… celui de l'amour ! s'est-il esclaffé.

— Je t'avertis, Zachary, si tu te moques encore de nous, je…, a commencé Samuel, qui ne pouvait cependant pas retenir un fou rire.

— Tu peux m'appeler Zach, a coupé mon frère, qui, lui, ne se gênait pas pour rire de bon cœur.

Aussi heureux que stupéfaits, Samuel et moi nous sommes regardés, réalisant en même temps que Zachary venait de se débarrasser de sa dernière manie.

— Et toi, tu peux m'appeler… Mégane, ai-je répondu à mon jumeau, en lui faisant un clin d'œil complice.

Table des matières

Sylviane Thibault

Des manies, tout le monde en a! Et Sylviane ne fait pas exception. Petite, elle montait l'escalier du sous-sol en courant, persuadée qu'un monstre allait l'attraper. Elle dormait la porte de la garde-robe fermée, de peur d'y voir un revenant. Il faut dire que Sylviane a toujours eu l'imagination fertile. Aujourd'hui, ces manies sont disparues. Mais certains rituels sont tenaces. Zachary, héros de son histoire, s'en rendra compte. Il lui faudra du courage, de la détermination et de l'aide pour en venir à bout. Sylviane invite donc les lecteurs à découvrir ce nouveau récit, en espérant qu'il les réconciliera avec leurs propres petites marottes.

J'ai adoré écrire cette histoire, et c'est pour moi un grand bonheur de la partager avec vous. Si vous avez aimé la lire, et que vous voulez échanger avec moi, n'hésitez pas à m'envoyer un courriel :

lecteurs@sylvianethibault.com

Vous pouvez aussi visiter
mon site Internet, au :

www.sylvianethibault.com

Derniers titres parus dans la
Collection Papillon